KB028780

헤세의 인생공부

필사의 발견
헤세의 인생공부

초판 1쇄 발행 2020년 12월 17일
초판 2쇄 발행 2024년 5월 3일

글 | 헤르만 헤세
엮음 | 김정민
손글씨 | 배정애
펴낸이 | 金湞珉
펴낸곳 | 북로그컴퍼니
주소 | 서울시 마포구 와우산로 44(상수동), 3층
전화 | 02-738-0214
팩스 | 02-738-1030
등록 | 제2010-000174호

ISBN 979-11-90224-65-9 03850

· 잘못된 책은 구입하신 곳에서 바꿔드립니다.

· 필사의 발견 ·

헤세의 인생공부

헤르만 헤세 글 · 그림
김정민 엮음 / 배정애 손글씨

"이 세상이 어떻게 변하든 항상 나 자신으로 살기를"

Hermann Hesse

북로그컴퍼니

서문

나 자신으로, 나답게 사는 것의 아름다움

헤세의 곤궁한 삶이 빚어낸 인생 찬가

"인생은 멀리서 보면 희극이지만 가까이서 보면 비극이다."

찰리 채플린이 한 말입니다. 인생살이가 늘 편안하고 행복하기만 한 사람은 없을 거예요. 하지만 다른 이들의 눈에는 타인의 그런 어려움이 잘 드러나 보이지 않기에, 채플린이 한 이 말이 여전히 많은 이들의 공감을 얻고 회자되는 것이라고 생각합니다.

채플린의 이 말을 읽으며 생각난 한 사람이 있습니다. 바로 헤르만 헤세입니다. 여러분은 헤르만 헤세에 대해 무엇을, 얼마나 알고 있나요? 《데미안》의 작가, 《유리알 유희》로 노벨문학상을 받은 작가 정도로 알고 있지요? 아, 어떤 분들은 헤세가 노벨문학상을 《데미안》으로 받은 줄 알고 있더라고요. 그만큼 《데미안》이 많이 읽힌다는 방증이겠지요. 우리나라에서 특히 그러하고요.

그런데 그것 아시나요?

혜세의 삶은 그리 녹록하지 않았답니다. 그는 니체와 더불어 가장 힘들게, 위험하게 산 문학가로 알려져 있습니다. 헤세는 신학자 집안에서 태어나 신학자로서 뒤를 이어야 했지만, 광기에 가까운 문학에 대한 열정 때문에 신학교를 뛰쳐나오고, 자살을 기도하고, 일반 학교에서도 퇴학당했습니다. 참 고달픈 성장기를 보낸 것이지요. 그뿐인가요. 한창 문학가로서 명성을 쌓을 때 제1·2차 세계 대전이 일어납니다. 평화주의자였던 헤세는 조국 독일이 일으킨 전쟁에 반대한다는 이유로 배신자, 매국노라는 비난을 받았고 그의 모든 책은 출판 금지되는 상황에 이릅니다. 작가로서 참으로 불행한 일이 아닐 수 없지요.

그의 인생을 따라다닌 먹구름은 여기서 그치지 않습니다. 아버지의 갑작스런 죽음, 아내와 아들의 정신분열증은 그의 마음도 병들게 합니다. 결국 그 역시 정신병원에 입원, 심리치료를 받게 되는데요, 이 일은 헤세의 이후 삶과 문학 세계에 큰 영향을 주었다고 합니다.

삶 곳곳에서 수많은 굴곡을 만났기에 그의 소설과 시, 산문과 서간문은 한 인간의 성장과 그에 따르는 고통을 깊고 예리하게 보여줍니다. 그리고 그런 고통에도 불구하고 한 인간으로서 도달하고자 하는 그곳에 닿고야 마는 이상적인 인간형도 많이 보여주지요. 헤세가 그린 인물들은 곧 자기 자신이며 그들의 사고와 행보 또한 곧 그일 겁니다. 그래서 우리는 그의 작품을 통해 세상과 사람, 그리고 인생에 대한 그의 가치관을 엿볼 수 있답니다.

칼 구스타프 융은 '상처 입은 자만이 진실로 다른 이를 치유할 수 있다'라고

했습니다. 상처 입은 영혼인 헤세는 문학을 도구로 동시대 및 후세 사람들의 영혼을 치유하고 따스한 안식처가 되어주고 있습니다.

그렇다면, 헤세가 우리에게 전하고자 했던 바는 무엇일까요.

헤세는 자전적 성장 소설이며 그의 대표작인《데미안》에서 데미안과 그 친구 싱클레어를 통해 진정한 삶은 무엇인지, 어떻게 살아야 잘 사는 것인지를 보여줍니다. 싱클레어는 데미안을 만나기 전까지는 부모님이 정해주는 대로, 주변에서 기대하는 대로 평탄하게 살았습니다. 그러나 데미안은 '.카인과 아벨'을 예로 들면서 절대 선과 악을 새롭게 해석하고, 고정관념에서 벗어나 세상을 다르게 보는 눈을 길러야 한다고 말합니다. 또한 '예수와 두 도둑의 이야기'를 통해서는 자신이 저지른 일의 책임은 자신이 질 것, 남을 탓하지 말 것 등을 이야기합니다. 헤세는 이 작품을 통해 '삶은 진정한 나를 찾아가는 과정(길)'이고, 그 길은 험난하지만 구도자처럼 묵묵히 걸어갈 때 진정한 나를 만날 수 있음을 알려줍니다. 싱클레어는 데미안과의 만남을 통해 진정한 자기 자신을 찾기 시작하고, 나답게 사는 법을 사유하며, 부모나 사회의 기대와 잣대에 의해 살지 않고 자신의 의지가 중요함을 알게 됩니다. 자신의 인생을 스스로 선택하고 결정하는 것의 중요성은《수레바퀴 아래서》와《나르치스와 골드문트》를 통해서도 강조됩니다.

"진솔한 내면에 귀 기울이지 않는 일은 죽음과 다름없고, 자신의 주체성을 앗아가는 모든 것들과는 온전히 결별하라!"

짧은 문장이 주는 울림이 참으로 큽니다.

순간을 사는 법을 아는 사람, 그렇게 현재에 살며 상냥하고 주의 깊게 길가의 작은 꽃 하나하나를, 순간의 작은 유희적 가치 하나하나를 귀하게 여길 줄 아는 그런 사람에게 인생은 상처를 줄 수 없는 법이다.

헤세의 또 다른 자전적 소설《황야의 이리》에 나오는 이 글귀는, 과거도 미래도 아닌 현재의 삶을 소중히 여기고 일상에서 벌어지는 삶의 작은 알맹이들을 귀히 여기는 것이 얼마나 큰 가치인지를 알려주고 있습니다. '지금 여기'의 소중함은 비단 헤세만이 아니라 수많은 철학자와 문학가, 성인들이 공통적으로 한 말입니다. 그만큼, 잘 살기 위해서 이것을 실천해야 한다는 것이겠지요.

85년의 삶, 굴곡도 많고 고통스러웠던 순간도 많았지만 노년에는 헤세도 평화와 안식을 찾은 듯 정원을 가꾸고 토마토를 기르고 그림을 그렸습니다. 산과 강, 풀과 들꽃, 스위스의 아름답고 평화로운 풍경 등을 담은 그의 수채화는 엽서로도 제작되고 그의 책에 삽화로도 쓰였다고 합니다. 물론, 이 책에 실린 그림도 모두 헤세의 솜씨랍니다.

삶이 힘겨워 주저앉고 싶을 때 헤세가 당신에게 손을 내밀지도 모릅니다. 내가 그대의 친구가 되어주겠노라고. 내가 누구인지 왜 사는 것인지 어떻게 살아야 할지 막막할 때도 헤세는 말을 걸어올지 모르겠습니다. 사는 게 서럽고 나이 먹는 게 겁나고 삶이 허무할 때라면 더더욱 헤세는 우리 곁에 있을 겁니다.

헤세의 소설과 시, 산문과 서간문 등에서 우리의 영혼과 삶에 등불이 되어줄 빛나는 문장을 간추렸습니다. 그것이 나에게 닿았을 때, 내 안에서 일어난 파동을 기반으로 헤세의 말을 재해석하기도 했습니다. 헤세가, 헤세의 글이, 헤세의 영혼이 그대에게도 닿기를 바랍니다.

2020년 겨울
김정민

차 례

Part 1

나를 더 사랑하기

나를 사랑한다는 것은

나를 사랑한다는 것은 나의 응석을 다 받아주는 것이 아니다.
나를 사랑한다는 것은 나를 있는 그대로 온전히 사랑하고,
더 나아가 내 운명까지도 사랑하는 것이다.
운명이 나에게 가져오는 것들을 사랑한다는 것이다.
설령 지금은 그 의미를 알 수 없고 도저히 이해되지 않더라도,
거부하거나 멀리하거나 뒤로 미루지 말고
스스로 기쁘게 받아들여 웃으며 사랑해야 한다.

내가 먼저 타인을 이해하기

누구나 타인에게 이해받고 싶어 하고
제대로 된 평가를 받고 싶어 한다
그 바람이 이루어지지 않으면
마음의 상처를 입고 외로움마저 느낀다
그러나 그에 앞서 기억해야 할 것이 있다
내가 먼저 타인을 이해하고 기쁘게 하며
그들을 올바르게 평가해야
그것이 나 자신에게 되돌아온다는 것이다

어떤 순간에도 중심을 잃지 않는 삶

모든 사람의 삶은 제각기
자기 자신에게로 이르는 길이다.
자신에게 이른다는 것은 '나답게 사는 삶'을 추구하는 것이다.
내면 깊은 곳에서 우러나오는 자신만의 목소리에 귀 기울이고
어떤 순간에도 중심을 잃지 않는 삶.

이런 삶이 결코 쉬운 것은 아니다.
그러나 한 걸음 한 걸음, 연습하고 습관화하면
어느새 그런 삶을 살고 있는 자신을 만나게 될 것이다.

타인의 인정에 목매지 마라

내가 이룬 것을 타인에게 인정받으려 하지 마라.
세상의 잣대로 평가하지도 마라.

내가 이룬 것이 있다면,
그것을 평가하는 기준과 잣대는 나로부터 나와야 한다.
그래야 나다운 삶, 내가 주인공인 삶을 살 수 있다.

타인의 인정과 평가에 영향을 받는 것은
곧 타인의 삶을 사는 것이다.

나 자신에게 이르는 길

누군가를 동경하고 그 사람처럼 되고 싶은 마음은 충분히 이해한다.
많은 사람들이 지금의 자신과 전혀 다른 사람이 되고 싶어 하고,
그렇게 되려고 발버둥 치면서 온갖 실패와 좌절을 반복한다.
당신만 그러는 게 아니다.

그런데 다른 누군가처럼 되고 싶다는 것은
지금의 내 모습을 인정하지 않는다는 뜻 아닐까.
그래서 지금의 삶이 더 힘든 것 아닐까.

자신에게 어울리는 걸 원해야 한다.
가슴 깊은 곳에서 바라는 것이 무엇인지 깨닫고,
몸과 마음을 다해 실현하려 힘써야 한다.
그래야 진정한 나를 알게 된다.
그게 나 자신에게 이르는 길이다.

사랑과 자아 발견

그는 사랑을 하면서 자신을 발견했다.

그러나 대부분의 사람들은 사랑하면서 자신을 잃어버린다.

당신의 길을 가라

다른 사람의 길이 아닌 당신의 길을 가라
다른 사람의 삶이 아닌 당신의 삶을 살아라

다른 사람의 길을 걷는 것은
가시밭을 걷는 것과 같아 멀리까지 갈 수 없다
다른 사람의 삶을 사는 것은
연극의 한 순간과 같아 무대 아래의 허무함에 짓눌리게 된다

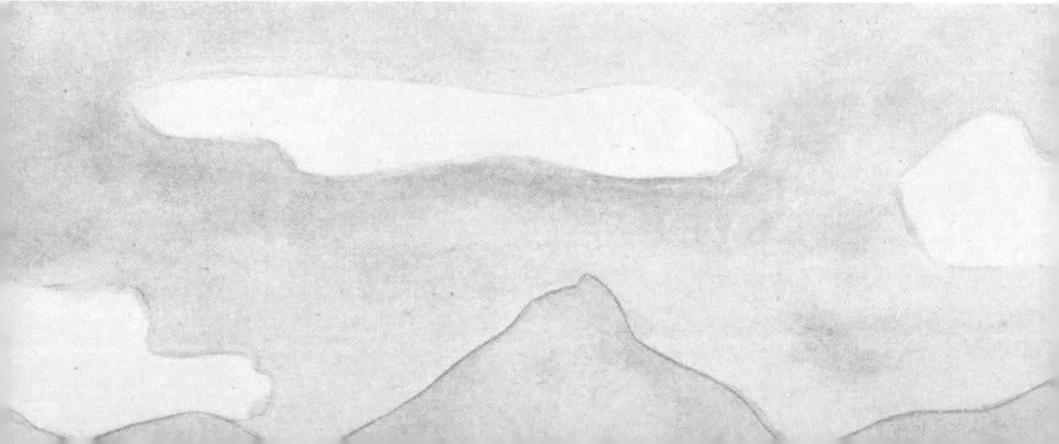

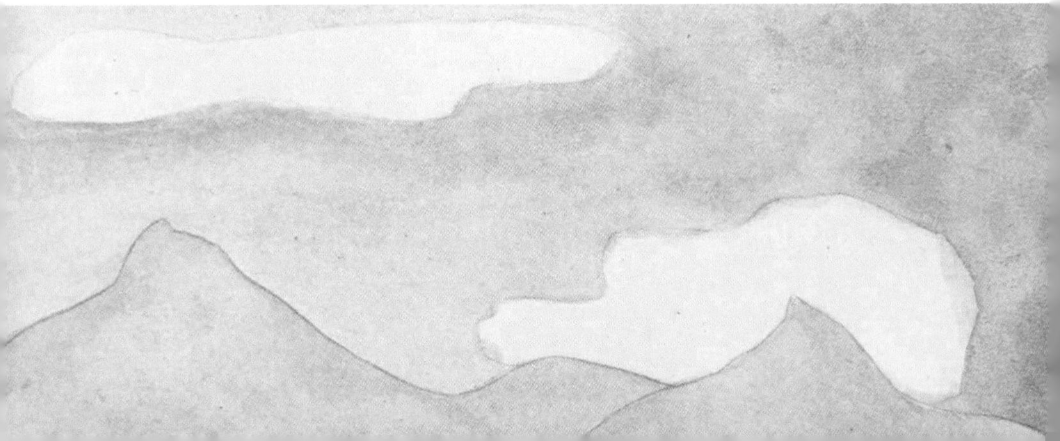

좀 더 나은 내가 되려면

첫째, 세상의 인습(因習)을 경계하라.
여기에 물들면 당신은 어디에서나 볼 수 있고,
죽었는지 살았는지조차 모를 만큼 존재감 없는 대중이 돼버린다.

둘째, 소시민적 성향을 경계하라.
권리와 의무만을 주장하거나
법에 어긋나지 않으면 뭐든 해도 된다고 여기거나
내 형편이 좋을 때만 공평과 평등을 외치며 산다면
교활하고 용의주도한 사람이 될 뿐이다.

셋째, 어떤 의미에서든 게으른 것을 경계하라.

자신을 믿는다는 것

당신 스스로의 직감과 감정을 소중히 여기고 이성을 믿어라.
예술을 보는 안목과 당신이 품은 이상,
무엇보다 우정을 소중히 여겨라.

부디 세상의 가치관에 흔들리지 마라.
당신과 다른 생각을 가진 사람이 많다고 불안해할 필요는 없다.
당신의 길은 당신 홀로 가는 것이다.
세상은 늘 이리저리 흔들릴 뿐이다.
세상 사람들이란 수시로 방향을 바꾸는 풍향계와 같다.
그런 것들에 신경 쓰지 말고
당신만의 가치관과 사랑으로 독자적인 세계를 넓혀가라.

스스로를 사랑하라

나 따위는 아무래도 상관없다고 생각지 마라.
스스로를 업신여기는 행동을 하면 안 된다.
당신 스스로를 제대로 사랑하라.
그러면 내면의 모든 것이 적절한 조화를 이룬다.
그렇게 영혼이 다듬어지면
타인도 사랑할 수 있게 되고,
불행이 사라지며
행복이 스며들어 넓게 퍼지게 될 것이다.

인생의 아이러니

인생의 끈을 잡고 있던 손을 어느 순간 놓아버렸다
나 한 사람의 행불행(幸不幸) 따위는 상관없다는 마음이었다
그만하면 됐다 싶은 생각도 컸다

그랬더니 신기하게도
인생이 전보다 조금 부드러워졌다
멈춰야 보이고 내려놓아야 품게 된다는 말이
진리임을 알게 되는 순간이었다

내가 살아온 족적이 곧 내 운명

운명이란 무엇일까.

내 운명은 나 아닌 다른 사람이 쥐고 있는 것이 아니다.
또한 어디에 숨겨져 있는 것도 아니다.
운명은 각자 내면에 있는 것,
인간이 성장하면서 마음속에서 키워온 것이다.
마치 엄마가 태아를 키우듯이.
즉, 지금까지의 생활 방식과 의지와 결단, 행동 등
내가 살아온 족적들이 모여 운명의 모습으로 나타난다.

그렇기에 나 자신이 바로 내 운명이다.
이 사실을 모른 채 운명을 거부한다면,
쓰디쓴 맛을 보게 될 것이다.
운명을 받아들이고 사랑한다면,
달콤한 꿀맛을 음미할 수 있을 것이다.

생(生)의 규칙

살면서 생기는 고통과 어려움, 괴로움을
해결할 사람은 바로 나 자신이다.
결코 타인이 해결해줄 수 없다.
이게 우리 앞에 놓인 생(生)의 규칙이다.

진짜 영웅

자기 길을 걷는 사람은 누구나 영웅이다.
자기가 할 수 있는 일을 정말로 행하면서 사는 사람은
누구나 다 영웅이다.
설령 그 사람이 어리석은 일, 시대에 뒤떨어진 일을 하더라도
아름다운 이상을 입에만 올릴 뿐 거기에 몸 바치려 하지 않는
다른 천 명의 사람들보다는 훨씬 훌륭한 영웅이다.

네 뜻대로 살아라

설령, 제멋대로라도 좋다
정말로 좋아하는 걸 하라
하고 싶은 걸 하라
결코 누구에게도 복종하지 말고, 세상에 휘둘리지 마라
네 뜻대로 살아라
그것이 진정으로 네 운명을 사는 길이다
그렇게 끝까지 한번 살아보는 거다

나 자신을 제대로 알고 있는 이

도대체 누가 타인을 제대로 알고 이해할 수 있을까.

아니, 하다못해

자기 자신을 제대로 알고 있는 사람이 있기는 한 걸까?

삶의 의미

삶을 의미 있게 꾸리기 위해 노력하는 사람이 있다.
그의 노력이 크면 클수록 삶의 의미는 깊고 넓어진다.

반대로 삶은 저절로 살아지는 것이라 여기며
하루살이처럼 살아가는 사람도 있다.
이 삶을 가지고 의미를 논하는 것은 시간 낭비이다.

나를 구원할 사람은

타인이 나를 구원해주기를 바라는가.
그것은 자기 앞날을 타인에게 떠넘기는 것이다.
날 구할 수 있는 건 다른 누구도 아닌 나 자신뿐이다.
날 치유하는 힘도, 돕는 힘도, 궁지에서 벗어나게 하는 힘도
나 자신에게 있다.
내 영혼을 움직이는 건 바로 나다.
그러므로 우선 자기 스스로에게 구해야 한다.
자신을 속이느라 세상의 성공이나 인간관계에 얽매일 겨를이 없다.

별을 닮은 사람

대부분의 사람은 바람에 날려 빙글빙글 춤추고 방황하고
비틀거리면서 땅으로 떨어지는 나뭇잎과 비슷하다

그러나 별을 닮은 사람도 있다
그들은 확고한 궤도를 걷는다
그들에게는 어떠한 강풍도 닿지 않는다
그들은 자신의 내부에
자기만의 법칙과 궤도를 가지고 있다

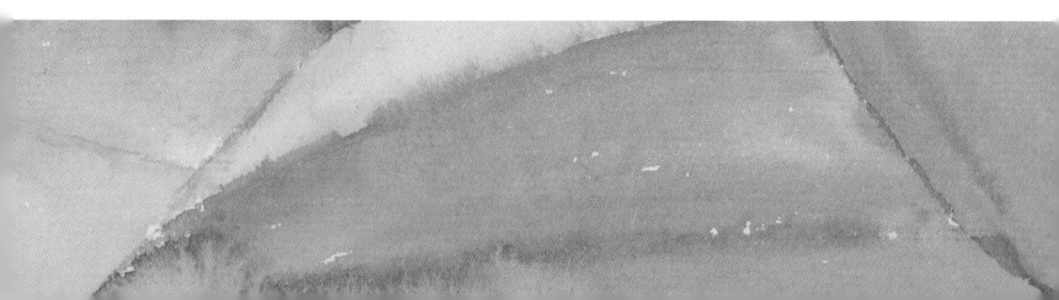

새는 알을 깨고 나온다

우리가 눈으로 보는 사물은 우리 바깥에 있는 사물이 아닌
우리 내부에 있는 사물이다.

다른 사람들이 가는 길은 쉬운 길이지만
나 자신이 가는 길은 험한 길이다.
누구에게나 인생의 길은 그렇다.
그렇지만 우리 모두는 바로 그 험한, 나 자신의 길을 가야만 한다.

새는 알을 깨고 나온다. 알은 곧 세계다.
새롭게 태어나려면 한 세계를 파괴하지 않으면 안 된다.

Part 2

내가 먼저 행복하기

인간에 대한 예의

인간을 사랑할 것,
진심으로 사랑할 것

강한 사람뿐만 아니라
약하고 소외되고
쓸모없다 여겨지는 사람도 사랑할 것

그리고 누가 되었든
나의 잣대로 다른 이들을 평가하지 말 것

전부 내줄 수 있는 마음

사랑은 훔치거나 모방할 수 없다.
사랑은 오로지 자신을 전부 내줄 수 있는
마음에만 깃들기 때문이다.

아름다움이 주는 행복

아름다움은 그것을 소유하려는 사람에게는
행복을 주지 않는다.
아름다움을 사랑하고 숭배할 줄 아는 사람에게만
행복을 선사한다.

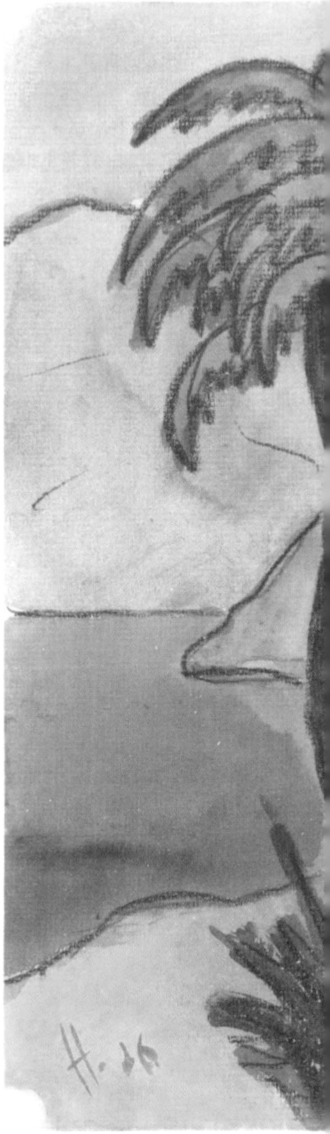

지금 불안한 이유

지금 그대 마음이 불안한 이유는
자기 자신을 '진정한 자신'으로 인정하지 않기 때문이다.

내 존재 가치와 삶의 의미를 알고
나의 길을 가면서
행복을 귀하게 여기고
나를 사랑한다면
불안은 다가오지 않을 것이며,
설령 있다 해도 소멸할 것이다.

그러므로 현재의 나와 '진정한 자신'의 모습이
일치하는 삶을 살아야 한다.

사람이 가질 수 있는 가장 좋은 것

친구와 포도주를 마시며
한가로운 한때를 보내고,
이 오묘한 삶에 대해서
악의 없는 잡담을 나누는 것

그것이
사람이 가질 수 있는 것 중에서
가장 좋은 것이다

Malerfreunde

우정의 빛

명예, 사랑, 지성보다 더 귀하고
나를 더 행복하게 해준 것은 우정이다.

쉽게 우울해지는 나의 습관을 고쳐서
내 청춘을 다치지 않게,
새벽 노을처럼 유지시켜준 것도
결국 우정이다.

언젠가 쓸쓸한 날에
청춘의 향수 같은 것이 나를 찾아온다면,
그것은 오로지 학창 시절의 우정 때문일 것이다.

나쁜 감정은 없다

사람들은 기쁨, 환희, 즐거움 같은 감정에는 관대하지만
분노, 슬픔, 우울 같은 감정은 억압하고 숨기려 한다.
하지만 우리 안의 모든 감정은 우리를 살아가게 하는 힘이다.
어떤 감정도 시시하다거나 가치 없다고 해서는 안 된다.
나쁜 감정은 없다.
어떤 감정이든 유익한 것이다.

증오든 선망이든 질투든 무자비함이든,
우리는 우리 내면의 가난하고 아름답고 멋진
감정에 의해 살아가고 있다.
어떤 감정을 부당하게 다루는 것은
마치 하늘의 별을 지워버려
우리를 암흑에 빠뜨리는 것과 같다.
자신의 감정을 인정하고 사랑해줘야 한다.
그래야 그 감정들이 각자의 역할을 제대로 해내게 된다.

최대의 불행

누구나 다 자기에게 닥친 불행을
최대의 불행이라 여긴다.

내려놓기와 행복

행복을 추구하고 있는 한
그대는 언제까지나 행복해지지 못한다

가장 사랑하는 것을 손에 넣더라도
잃은 것을 한탄하고
목표를 향해서만 움직이고 있는 한
그대는 평안함이 무엇인지 아직 모른다

그대가 모든 소망을 버리고
이미 목표도 욕망도 없고
행복에 대해서도 말하지 않게 되었을 때
그때가 되어서야, 세상의 거친 파도는
그대 마음에 미치지 않고
그대 마음은 비로소 휴식을 얻는다

책 속 지혜

이 세상 어떤 책도 그대에게 행복을 주지는 못한다.
그러나 살며시 그대를 일깨워 스스로에게 돌아가게 해준다.

책 안에는 그대에게 필요한 모든 것이 있다.
해와 달과 별, 그대가 찾고 있는 빛까지.

그대가 책에서 오래도록 찾고 헤매던 지혜는
지금 모든 책장에서 반짝이고 있다.
이제 그 지혜는 그대의 것이다.

불안과 행복

불안을 극복하는 가장 쉬운 방법은
불안하지 않은 삶을 상상하는 것이다.
그것만으로도 마음이 안정되고 기분이 좋아질 것이다.

불안하지 않은 삶,
그것이 바로 행복한 삶이고
삶의 구원이다.

고통의 맛

고통이 당신을 괴롭히는 이유는 그것을 두려워하고 탓하기 때문이다.
고통이 당신을 좇는 것은 거기에서 도망치려 하기 때문이다.

도망쳐서는 안 된다.
탓해서도 안 된다.
두려워해서도 안 된다.

고통을 거역하지 말고
고통에서 도피하지 말고
고통을 사랑하라.

고통의 밑바닥이 얼마나 감미로운지 맛보라.
생각했던 것만큼 쓰거나 독하지 않을 것이다.
고통과 직면했을 때 그것을 수용하고 벗 삼으면
그것은 더 이상 고통이 아니기 때문이다.

그럼에도 불구하고 기뻐하기

걱정되는 일, 슬픈 일, 가슴 아픈 일이 있어도
그럼에도 불구하고 기쁨을 잊지 말아야 한다.
기쁨은 뜻밖의 희소식을 들었을 때 생기는 것이 아니다.
있는 그대로의 내 모습을 부정하지 않고 인정할 때 생겨나는 것이다.
또한 고민과 슬픔을 부정하지 않고 그대로 수용할 때도
기쁨은 자연스럽게 생겨난다.

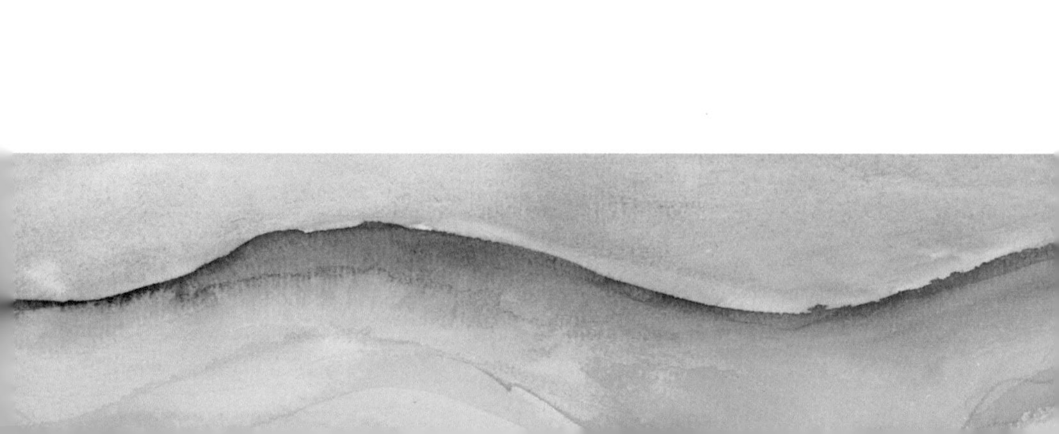

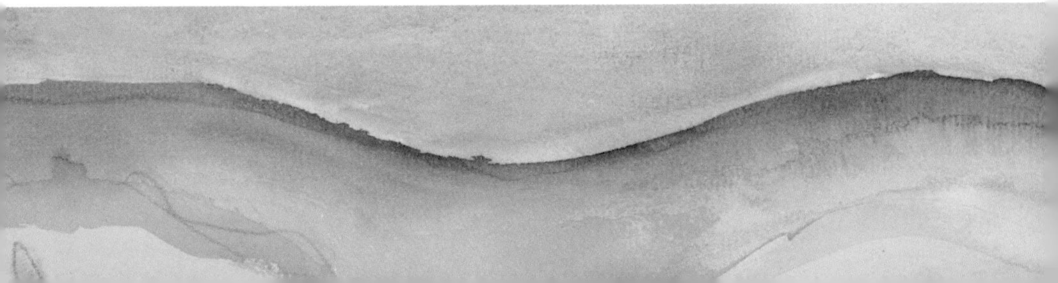

승리하는 사람의 특징

자신과 타인을 사랑하기
지치지 않고 인내하기
관용으로 대하고 용서하기
승리하는 사람들이 잘하는 것들이다

그 반대의 경우도 있다
반항하는 마음으로 상대와 상황을 바라보기
불성실하게 일하기
타인을 비판하거나 비웃기
이것은 패자들의 특징이다

슬픔에서 벗어나기

당신의 가슴 한편에 슬픔이 있다면
시를 가까이하고, 좋은 글을 읽어라.
아름다운 음악을 듣고 푸른 자연을 벗 삼아
지금의 슬픔을 잠시라도 잊어라.
그리고 과거의 멋진 순간을 기억하라.

머지않아 당신 마음속에
동트는 새벽 같은 찬란한 시간이 다가올 것이다.
내 인생도 나쁘지는 않다고,
나름 괜찮은 인생이라고 생각될 것이다.
미래를 향한 기쁨이 솟을 것이다.
머지않아 '진정한 자신'으로 변신할 때가 다가올 것이다.

내 고통이 가장 세다면

사람들은 대부분 자기 상처가 세상에서 가장 아프다고 여기며
단순한 오해에도 마치 세상에서 내쳐진 것처럼 우울해한다.
자신에게 닥친 재난이나 병, 사고가
세상에서 가장 가혹하다고 느끼는 건
모든 것을 자기중심적으로 판단하기 때문이다.

반면, 타인이 겪는 아픔과 슬픔은 대수롭지 않게 여긴다.
타인의 고통에는 큰 관심을 주지 않으려 한다.
만약 이 세상에 존재하는 사람들이 다 이렇다면
우리 사는 세상은 어떤 빛깔일까?
과연 우리 사는 세상에 희망과 사랑이 존재할 수 있을까?

어제보다 나은 나

우리 손에 쥐어진 단 하나의 희망은 무엇인가

나 자신을 오늘 조금이라도 변화시키는 것
어제보다 더 나아지도록 노력하는 것
세상의 행복은
진정으로 이를 실천하는 사람들에게 달려 있다

마음속 망상이 일으키는 감정

많은 사람들은
선과 악, 가치와 무가치가 실재(實在)한다고 여긴다.
뿐만 아니라 욕망이나 도피도 현실에 존재한다고 생각한다.

그것이 자기 마음에만 존재하는,
스스로가 만들어낸 망상임을
깨닫지 못한 채 일희일비하거나 무서워한다.

슬픔은 집착으로부터

이미 지나간 과거의 손해를 잊지 못하고
아까워하면서 자꾸 뒤돌아본다면,
그렇게 과거의 망령에 집착한다면,
우리 마음은 슬픔으로 가득 찰 것이다.

불안의 힘

우리는 불안을 안고 산다
하지만 아이러니하게도
불안하기에 일하고, 마음을 전하고,
누군가를 사랑하려 한다
불안은 우리에게 행동할 수 있는 에너지를 준다

Part 3

어떻게 살 것인가

삶의 가치

나는 인간의 삶이
내가 알고 있는 것보다
훨씬 가치 있다고 믿는다
그렇지 않다면
우리가 삶에 대해 이야기하는 게 무슨 소용이며,
삶을 살아갈 보람을 어디에서 찾을 수 있단 말인가

생각보다는 실천

생각하고 있는 것을 타인에게 이야기하는 것은 쉽다.
그러나 생각은 생각일 뿐 실천이 아니다.
생각만 하고 실천하지 않는다면
그 생각은 허상이고 망상이다.
실천이 뒤따르는 생각만이 가치 있다.

좋은 생각이 떠올랐다면, 주저하지 말고 행동하라.
행동은 결과를 가져온다.
성공할 수도 있고 실패할 수도 있다.
실패하더라도 그 과정에서 한 걸음 성장한다.
그러므로 그 실패는 실패가 아니다.
지금 여기에서 당장 실천하라.
생각을 머릿속에만 저장하지 말고
세상으로 꺼내 빛을 발하게 하라.

쓸모

익기 전에 따낸 과일은
아무 쓸모도 없다.

삶을 위한 기도

세상 가장 소중하고 사랑하는
나와 내 삶을 위해 기도합니다

가지 굵은 나무 같기를
때로는 의연한 산 같기를
또 고독한 야수 같기를
가끔은 높은 곳에서 빛나는 별 같기를

그리고 무엇보다
세상이 어떻게 변하든
항상 나 자신으로 살기를

비참한 생활에서 벗어나려면

좀 더 자주 푸른 하늘 아래에 서보자.
좀 더 자주 나무 밑에서 쉬며
좀 더 자주 혼자가 되어보자.
좀 더 많은 시간을
아름다움과 위대함의 비밀을 푸는 데 써보자.

삶의 결을 이전과 다르게 채우다 보면
비참하고 초라한 마음에서 벗어나
넉넉하고 풍요로운 마음부자가 되어 있을 것이다.

가장 좋은 명성

자신의 분야에서 큰 성공을 이뤄 유명해진 사람이 있다.
대중은 그에게 동경의 눈빛과 존경심을 보냈다.
그러나 그의 성공을 시샘하고 질투하며 모략하는 사람도 적지 않았다.
그는 자신을 동경하고 존경하는 이들을 만나면 기분이 좋았지만,
반대편 사람들을 만나면 부정적 기운에 휩싸여 스트레스를 받았다.
그는 생각했다.
너무 큰 성공과 명성의 맛은 맵고 짜고 쓰다고.

아직 성공을 거두지 못한 또 한 사람이 있다.
그는 걸음마를 배우는 아기처럼
한 걸음 한 걸음 나아가며 성공의 벽돌을 쌓고 있다.
그에게는 빨리 성공하라고 채근하는 이도,
꼭 성공해야 한다고 압박하는 이도 없다.
그를 시샘하는 이도 없으며 그를 질투해서 따돌리는 이도 없다.
오히려 앞을 향해 나아가는 그에게 격려의 박수를 보낸다.
그는 생각했다.
미완성의 성공이 가져다주는 평판과 명성이 가장 감미롭고 따뜻하다고.

누군가 미워진다면

누군가를 미워한다면,
그의 어떠한 모습을 특히 싫어한다면
그의 모습에서 자기 자신을 본 것이다
평소 싫어하던 자신의 모습을 상대에게서 본 것이다

인간은 자기 내면에 없는 것에는 반응하지 않기 때문이다

인간의 과제

인간으로서 우리의 과제는

자신에게 단 한 번 주어진 생애 동안

동물에서 인간으로 한 걸음 전진하는 것이다.

뒤집어 사고하기

늘 같은 길을 걸으면 새로운 것을 발견하기 어렵다.
나무와 꽃, 길 위의 돌멩이도 늘 같은 모습으로 보인다.
그러나 바로 옆에 난 다른 길로 가보면
나무도 꽃도 새로워 보인다.

늘 같은 사람하고만 관계를 맺으면 발전이 가로막힌다.
우리는 상호작용하는 대인관계를 통해 새로운 정보를 내 것으로 만들고
상대의 인격과 인품을 배워 자신도 고차원의 인간이 될 기회를 갖는다.

거꾸로 생각해보는 것도 좋다. 고정된 사고 체계에서 벗어나
뒤집기, 분해하고 재구성하기 등의 새로운 생각법으로 접근한다면
좀 더 유연해진 사고체계와 창의적인 뇌 활동의 주인이 될 수 있다.

우리는 고정관념과 매너리즘을 경계해야 한다.
그것은 우리의 성장을 막는 가장 강력한 도구이다.

나이 들어간다는 것

나이 들어간다는 것은
육신이 마냥 시들어버리는 것이 아니라
정신적으로 더 높고 깊은
고유한 가치와 매력, 지혜,
그리고 고유한 슬픔을 지니는 것이다

불의와 부당을 멀리하라

불의의 주체가 되기보다는
불의의 상대가 되어 시달리는 편이 낫다.
부당한 수단을 써서 원하는 것을 이루려 하지 마라.
불의한 사람들은 이런 생각이 바보 같다고 비웃을지 모르지만
어쨌든 이것은 예로부터 내려온 진리임에 틀림없다.

삶이 변화될 가능성

한 사람의 삶의 여정은 상황에 따라 결정되는 것처럼 보이나
그의 영향력으로 삶이 변화될 가능성도 있다.
이 가능성은 순수함과 감사하는 마음,
그리고 사랑하는 능력을 가질수록
더 커질 것이다.

Zum Neuen Jahr gratuliert herzlich
Ihr Hermann Hesse

이기적이지 않은 이기주의

이기주의에는 두 종류가 있다.
하나는 자신의 이익만 챙기는 것이다.
많은 사람들이 이런 이기심을 숨기기도 하고
조금씩 드러내기도 한다.

다른 하나는 내 재능과 힘과 능력을 한껏 발휘해
세상과 다른 이들에게 헌신하는 이기주의다.

두 번째 이기주의의 길은 몹시 험난하다.
그럼에도 불구하고 이 길을 가는 아름다운 청년들이 있다.

돈으로 살 수 없는 것

사랑은 돈으로 살 수 없다
연인 간의 사랑, 가족 간의 사랑, 친구 사이의 우정 ……
진정으로 가치 있는 것들은 모두 그렇다
그것들은 정성과 진심을 다하고
시간과 피, 땀을 바쳐야 얻을 수 있다
그것을 갖기 위해 때로는 고통받고 희생이 따르지만
그렇다 해도 포기할 수는 없다
사랑은 바로 그런 과정을 거쳐야 내 것이 되고
더욱 견고해지기 때문이다

바라는 것을 얻는 법

무엇인가를 간절히 바라면 그것을 가질 수 있을까.
마음속 가득한 욕망이 그것을 가져다줄까.
그렇게 된다면 참으로 좋겠지만, 대개의 경우 그 바람은 이루어지지 않는다.
어쩌다 행운의 여신이 장난을 쳐 그 바람이 이루어졌다 해도
행운의 조각들은 손가락 사이로 빠져나갈 것이다.

원하는 것을 쉽게 얻는 이는 격렬한 바람을 가진 사람이 아니다.
부드러운 미소와 유연한 마음으로
누구에게나 무엇에게나
자신을 활짝 열어두는 사람이다.
이것은 꼭 이렇게 해야 한다, 이것은 꼭 이루어져야 한다,
이것이 완벽한 정답이다, 라고
견고한 성벽처럼 세상을 대하는 마음과 자세를 버리고
자유롭게 살면서 매사에 여유와 유머와 웃음으로
영혼을 풍요롭게 하는 사람이다.

소망

무엇인가를 소망하면서
금세 불안해해서는 안 된다.

소망하는 것을 이루기 위해 확신을 가져야 한다.
내가 원하는 것은 반드시 손에 넣을 수 있다는
오만할 정도의 확신 말이다.

그런 다음,
그 확신이 열매를 맺어 추수의 날에 활짝 웃을 수 있도록
밭을 갈고 씨를 뿌리고 물을 주고
가지를 쳐주는 일들에 정성을 다해야 한다.
그런다면 소망은 이윽고 현실이 될 것이다.

고통의 한가운데를 통과하라

이 세상에 고난을 두려워하지 않는 사람은 없다
누구나 고난은 두렵고,
자신만은 고난과 고통에서 해방되기를 바란다

하지만 고난 없는 삶은 없다
누구든 크고 작은 고통 속에서 살아간다
하나의 고통에서 해방되었다 하더라도
또 다른 고난이 우리를 기다린다

지금 당신이 너무 괴로워
그로부터 한시라도 빨리 벗어나고 싶다면,
고통의 한가운데를 당당하게 통과하라
외면하고 회피하지 마라
우회하지 마라 주저하지도 마라
고통을 온몸으로 받아들여 견디면서 걸어가라
그것이 고통의 세계에서 빠르게 빠져나올 수 있는
가장 확실한 방법이다

Hesse
19

제대로 된 직업

자신에게 맞는 제대로 된 직업에 종사하라.
제대로 된 직업이란
일반적으로 생각하는 것과 전혀 다르다.
평균 이상의 급여를 받는, 안전하고 안정된 일을 뜻하는 것이 아니다.

인생을 살면서 계속할 수 있는 일,
스스로 성장하면서 함께 키워갈 수 있는 자신다운 일을 말한다.
그런 일을 찾는 건 어려울지도 모른다.
하지만 그런 일이야말로 정말 자신에게 맞는 것이며
인생을 풍요롭게 해주는 제대로 된 직업이다.

숲이 아름다운 이유

높은 곳에서 내려다본 숲이 더할 나위 없이 아름다운 이유는
그 숲이 내 것이 아닐뿐더러
앞으로도 사거나 빌릴 마음이 없어서다.
한밑천 잡으려는 욕심에 그 숲을 사고팔 계획이 생겼다면
숲은 일변해 아름다움을 잃게 될 것이다.
그런 마음을 가진 이는 숲을 있는 그대로 볼 수 없다.
그에게 숲은 자연의 일부이자 풍요와 쉼을 주는 행복의 원천이 아니라
돈벌이 수단이 되었기 때문이다.

숲과 같은 자연물뿐 아니라 인간에 대해서도 마찬가지다.
어떤 요구나 의도를 가지고 상대를 보면
내 눈에 비치는 건 그 사람 자체가 아닌
내 형편과 욕망, 계산뿐이다.
그 사람을 존재 자체로 보지 못하고, 궁극의 목적으로 여기지 않으며
나를 위한 수단과 도구로만 보게 될 것이다.

당신이 누군가를 그렇게 본다면
누군가도 당신을 그렇게 보게 될 것이다.

자연의 순환

식물은 씨에서 싹을 틔우고,
햇볕을 받고 자라며,
꽃을 피우고,
바람에 흩날리다 시든다
이윽고 겨울바람을 맞으며 말라가고
씨를 남기고 죽는다

생성과 소멸의 법칙을 지키는
자연의 순환은 너무나 아름답다
생멸의 법칙이 아니라면
자연은 지금처럼 아름답지 않을 것이다

그런데 왜 사람들은
자신만은 생멸의 법칙에서 예외이기를 바라는 걸까
왜 나에게만은 특별한 영원성이 있기를 바라는 걸까
과연 그러한 생이 아름다운 것일까
진실로 그 삶을 만족하며 살아갈 수 있을까

화내거나 경멸한들 무슨 소용 있을까

세상에는 화나는 일이 널리고 널렸다.
추악함도 이루 말할 수 없다.
너무 하찮고 비열한 일도 끊이지 않는다.
그렇다고 그것들을 비난하고 경멸하고 불쾌해하며
분노로 나의 마음을 가득 채우는 게 무슨 소용일까.
과연 그게 나에게 득이 되는 일일까.
화를 냈다고 해서 나의 마음이 편해질까.

그것도 세상의 일부라고 인정하는 게 낫다.
결코 있어서는 안 될 일, 결코 일어나서는 안 될 일 같은 건 없다.

거대한 물결 속에는 탁한 잔물결도 있기 마련이다.
그러니 그런 것에 구애받지 말고 한 번 웃고 말아라.
그게 마음에 평안을 얻는 길이다.

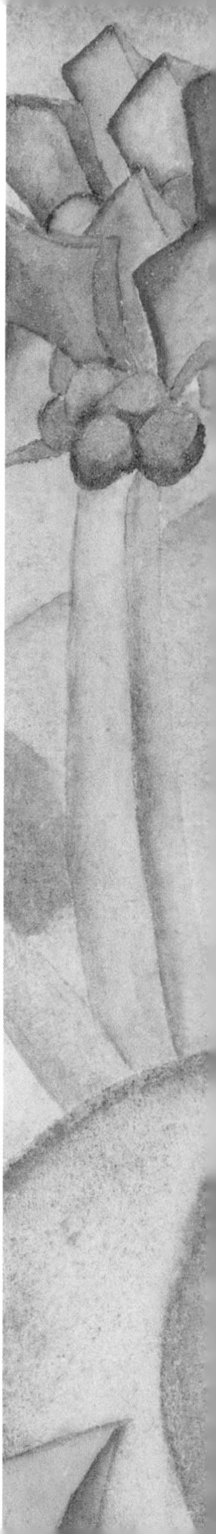

Part 4

인생의 의미

인생

인생은 한 마리의
경쾌하고 늠름한 말과 같아
우리는 그것을 기수(騎手)처럼 대담하게,
때론 세심하게 다루지 않으면 안 된다.

22.VII.21

책에서 배울 수 없는 인생

책 속에 아무리 많은 지혜와 지식이 있다 하더라도
'진실이란 무엇일까' '인생은 본래 어떤 것일까' 하는
질문에 대한 답은 책에서 찾을 수 없다
그것은 스스로 생각해내야 한다
자신의 인생 속에서, 삶의 여정에서
자신만의 답을 찾아야 한다
자신의 삶을 교과서 삼아 그 속에서 해답을 찾은 뒤
남은 여정의 등대로 삼아야 한다

작은 것의 소중함

큰일에는 진지하게 덤비지만
작은 일은 가치 없다고 여기거나 무관심한 태도,
몰락은 언제나 거기에서 비롯된다.

보편적인 인류애는 있지만 정작 아랫사람은 괴롭히고,
국가나 종교 등은 신성하게 여기지만
일상은 소홀하게 다루는 자세,
붕괴는 언제나 거기에서 시작된다.

작은 물방울이 모여 큰 강물을 이루고
소소한 일상이 모여 하나의 역사를 만든다.
유명하거나 성공한 사람보다 내 주변 사람을 더 소중하게 대할 때
인간 사이의 정이 더욱 깊어진다.
인생에서 진짜 소중한 것은 내 주변의 작은 것들이다.

인생의 의미가 가장 깊을 때

흔히들 자신의 전성기 또는 삶의 빛이 가장 찬란할 때
인생의 의미가 확연해지고 완성된다고 생각한다.
하지만 인생은 모든 의미와 의의가 상실된 순간에
가장 의미 깊은 것이 된다.
삶이 순조로울 때는 미처 돌이키지 못하는 삶의 의미와
가치에 대해 반추하고 생각하는 시간을 갖기 때문이다.
그러니 삶이 힘들 때일수록 자신의 인생에 대해
한 번 더 생각해보는 시간을 가져야 한다.

미소 지어라

어른들이여,
비난하지말고 불안을 품지도 마라
오히려 더욱 미소 지어라
하잘것없어 보이는 농담으로 여유를 가져라
늘 기분 좋게 살아라
찡그린 얼굴로 심각하게 생각하는 것을 멈춰라
그림을 감상하듯 세상을 바라보라
그리고 다시 한번 미소 지어라

Blick in Klingsor's Garten

우리가 사는 세상

우리가 사는 이 세상은 결코 천국이었던 적이 없다.
옛날에는 평화롭고 좋았다가
오늘날 지옥 같은 탁한 세상이 된 게 아니다.

우리가 사는 이 세상은 언제나 불완전하고 진흙투성이였다.
그렇다고 해서 이 세상을 외면하거나 포기할 수는 없다.
이곳을 가치 있게 만들기 위해서는
그 속에서 살아가는 이들의 사랑과 신념이 필요하다.
당신 마음속에는 얼마만큼의 사랑이 있는가.
당신 가슴속에는 어느 정도의 신념이 있는가.

시작

꽃이 시들고
청춘이 나이에 굴복하듯이
지혜도, 덕도, 삶의 모든 과정도
그때에 맞게 꽃을 피우고 열매 맺을 뿐
영원히 지속될 수는 없다.

우리의 마음도 삶의 부름이 있을 때면
언제나 작별을 준비하고 새롭게 시작해야 한다.
서러워 말고 당당하게
다른 사람들과 새로운 관계를 맺어야 한다.

모든 시작에는 마력이 깃들어 있어
우리를 지켜주고 살아가도록 도와준다.

실연이 큰 인간을 만든다

실연은 괴로운 것이다.

참지 말고 울어라, 마음껏 울어라.

실연의 아픔을 손해나 패배로 여기지 마라.

떠나간 이를 원망하지도 마라.

단지 실연이 준 아픔만을 천천히 음미하라.

아픔이 강할수록 그 사랑은 한층 성숙한 경험이 될 것이고

이는 그대를 한 단계 더 성장시킬 것이다.

깨달은 사람이 사는 방식

진리를 깨달은 사람과
인격이 고결한 사람들은
누군가를 가르치려 하거나 섣부른 설교를 하기보다는
자신이 있는 자리에서 의미 있게 살려고 노력하면서
자신이 맡은 바를 위해 최선을 다한다.

사랑의 존재 이유

사랑은 우리의 행복을 위해 존재하지 않는다
사랑은 우리가 고통스런 삶에서 인내를 필요로 할 때
얼마나 강할 수 있는지 보여주기 위해 존재한다

삶은 매번 달콤하고 안락한 것이 아니다
시시때때로 아프고 시리기 때문에,
우리는 그 여정에서 깨지고 부서지고 무너진다
다시는 못 일어날 것 같은 아픔을 느끼면서도
끝내 다시 일어서서 뚜벅뚜벅 걸어가는 것은
우리 곁에 사랑이 있기 때문이다

사랑은 어떠한 상황에서도
우리를 살게 한다. 살아내게 한다
그것이 사랑의 힘이자 존재 이유다

삶의 의미가 풍부해질 때

사람들은 삶은 의미가 있어야 한다고 말한다.
하지만 삶에는 자신이 줄 수 있는 만큼의 의미만 있을 뿐이다.
개인은 이것마저도 제대로 할 수 없기에
종교나 철학에서 답을 찾으려 한다.
하지만 답은 언제나 한결같다.
삶은 사랑을 통해서만 의미를 얻을 수 있다.
다시 말해
사랑을 많이 하면 할수록,
헌신을 많이 하면 할수록,
삶의 의미는 더욱더 풍부해질 것이다.

고착된 젊음과 늙음은 없다

'나는 아직 어리다' '나는 이미 늙었다' 하는 생각은
어리석은 나날을 보내는 지극히 평범한 사람들의 것이다.
조금이라도 재능이 있고 세련된 사람은
그때그때 상황에 따라
젊어지기도 하고 늙어가기도 한다.
마치 상황에 따라 기쁨이나 슬픔이 생기듯이 말이다.

자유로운 삶

자유로운 삶은
쉽게 얻어지는 것도,
간단히 지속되는 것도 아니다.

나다운 삶의 방식은
때와 장소를 가리지 않고
크고 작은 충돌과 오해를 일으킨다.

이 세상에는 규칙이나 도덕, 불문율 같은 게 있어
그 틀 안에서 만족하는 사람만을 좋아해준다.
그런 세상과 반목하면 당연히 다툼이 일어난다.
그 다툼을 어떻게 참고 견딜지 또는 저항할지,
아니면 경우에 따라 순응할지는
스스로 결정하고 책임져야 한다.

그런 각오가 없다면 자유롭게 살아갈 수 없다.
순고한 투쟁을 거치지 않고는
자유로운 삶을 얻을 수 없다.

완전한 존재는 없다

살아있는 모든 것은 되어가는 과정이지,
이미 완성되었거나 완전한 존재가 아니다

처음부터 완성되었거나 중간에 완결된
그런 삶은 존재하지 않는다

변변찮은 사람

많은 실망과 낙담을 하고, 늘 피로감을 느끼며
노력이 결실을 맺지 못해 빨리 늙어버리는 사람이 있다.
그는 사리사욕만을 채우려 하고, 가능한 한 많은 돈을 원하고,
사회적 권력을 손에 넣으려고 허덕이며 기를 쓰고 일한다.

이렇게 살아간다면,
계속해서 이 길을 포기하지 않는다면
그는 무척이나 변변찮은 사람이 될 것이다.

뒤틀린 인간관계 풀기

인간관계는 항상 미묘하고 불안정하다.
지금까지 아무 문제가 없던 사이라도
사소한 오해 하나로 쉽게 틀어질 수 있다.

인간관계를 망치는 것은 큰 문제가 아니다.
작고 사소한 문제에서 둘을 갈라놓는 금이 시작된다.
그러나 상대의 마음을 헤아리는 선한 마음가짐과 실천,
예의 바르고 사려 깊은 태도가 있다면,
두 사람의 뒤틀린 관계는 원만하게 풀어질 것이다.

어른이 된다는 건

어른이 된다는 건 단지 나이를 먹어
사회가 정한 나이에 이르는 게 아니다

어른이 된다는 건 부모로부터 분리되는 것이다
소년 시절을 버리는 것이다
고독해지는 것이다

그런데 많은 사람들은 이 중대한 첫걸음을 제대로 떼지 못한다
한쪽 발만 앞으로 내민 채, 다른 한쪽은 뒤에 남겨둔다
그러면서 마음속으로는 언제까지나
가족과 고향, 과거와 이어져 있기를 바란다

긍정의 힘

무엇보다 중요한 건 스스로에 대한 긍정!
자신감이 없고 내 모습이 어딘가 이상해 의기소침해지더라도,
남다른 이 모습이 본래의 나라고 긍정하면 된다.

만약 긍정하지 않고 세상의 주류로 보이는 사람들에 섞여
그 흉내를 내려 하면 그건 오래가지 못한다.
어쩌면 더 불안해질지도 모른다.

결국 내가 개척한 길을 걸어야 한다.
물론 이때도 고통과 고독이 따라온다.
하지만 그것이 나만의 길, 내가 살아갈 길이다.

Der Klang

사려 깊은 마음

사려 깊은 마음을 가지면
작고 하찮은 것에서도 아름다움과 진실을 발견할 수 있다
많은 사람이 놓치는 흔하고 사소한 것들에서도
진실하고 영원한 모습을 볼 수 있다
예를 들어 빗방울이나 나비의 날개,
거미집, 떠가는 구름,
곳곳의 자연 모두에서

그럼에도 불구하고 삶은

누군가 말했다. 삶은 잔혹하다고.
자연도 잔혹하며 역사는 비참하다고.

그건 고작 사랑을 몇 번 경험하곤
'사랑은 괴롭다. 달콤한 빵 맛과는 전혀 다르다'라고 말하는 것과 같다.

모든 일에는 괴로운 부분이 있다. 잔혹한 면도 있다.
그럼에도 불구하고 결국 모든 것은 선함과 고귀함을 향해 나아간다.
삶도 그렇고 우리도 그렇다.

Part 5

헤세의 인생 시

봄

어둑한 무덤들 속에서
나 오래오래 꿈꾸었네
너의 나무들과 푸른 미풍들을
너의 향기와 새들의 노래를

아, 이제 너 펼쳐져 있네
한껏 꾸미고 반짝반짝
햇빛 담뿍 뒤집어쓴 채
마치 기적처럼 내 눈앞에

너, 다시 날 반기고
상냥히 날 홀리니
전율이 내 온몸을 스치네
축복같은 너, 봄의 존재여!

봄의 말

아이들은 봄이 속삭이는 소리를 다 안다.
살아라, 자라나라, 피어나라, 희망하라, 사랑하라,
기뻐하라, 새싹을 움트게 하라,
몸을 던지고, 삶을 두려워하지 마라!

노인들은 봄이 속삭이는 소리를 다 안다.
노인이여, 땅속에 묻혀라,
씩씩한 아이들에게 자리를 내주어라,
몸을 던지고, 죽음을 두려워하지 마라!

청춘의 꽃밭

나의 청춘은 꽃밭의 나라였다.
풀밭에는 은빛 샘물이 솟아 나오고
고목들의 동화 같은 푸른 그늘이
대담한 내 꿈의 격정을 식혀주었다.

갈증에 허덕이며 뜨거운 길을 간다.
청춘의 나라는 이제 닫혀 있고
나의 방황을 비웃기나 하듯
담 너머로 장미가 고개를 까닥인다.

나의 서늘한 꽃밭의 속삭임이
노래하며 점점 멀어가는데
그때보다 더 곱게 울리는 것을
마음 깊이 귀 기울이지 않을 수 없다.

나비

몹시 상심해 있을 때
들판을 거닐다 나비 한 마리를 보았다.
순백색과 진홍색으로 얼룩진 나비가
푸른 바람 속에 하늘거리고 있었다.

아, 나비여
세상이 아직 아침처럼 맑고
하늘이 무척 가까이 있던 어린 시절에
아름다운 날개 팔랑거리는
너를 마지막으로 보았다.

바람처럼 가벼이 팔랑거리는
하늘에서 온 아름다운 나비여.
너의 아늑한 성스러운 빛 앞에서
수줍음에 싸여, 이리도 서름하게
스스러운 눈초리로 나는 서 있어야 한다.

순백색과 진홍색으로 얼룩진 나비는
바람에 실려 들로 날아갔다.
꿈을 꾸는 듯 걸음을 옮기자, 나에게
천국에서 새어 나온 한 가닥의
잔잔한 빛이 남아 있었다.

편지

서쪽에서 바람이 불어옵니다
보리수나무 거칠게 출렁이고
달님은 나뭇가지 사이로
내 방을 엿보고 있습니다

나를 버리고 떠난
사랑하는 연인에게
긴 편지를 썼습니다
달님이 편지 위를 비춰줍니다

부드럽고 고요한 달빛이
글자 위를 스쳐갈 때
내 마음 너무 슬퍼서
잠도, 달님도, 저녁 기도도 잊고 맙니다

안개 속에서

안개 속을 거닐면 정말 이상하다!
숲이며 돌은 저마다 외로움에 잠기고,
나무도 서로를 보지 못한다
모두가 혼자다.

내 인생이 찬란했을 때
세상은 친구로 가득했다
이제, 안개가 덮이니
아무도 보이지 않는다.

어찌할 도리 없이
모든 것에서부터 가만히 떼어놓는
어둠을 모르는 자,
정녕 현명하지 않다.

안개 속을 거닐면 정말 이상하다!
인생은 외로운 것.
사람들은 서로를 알지 못한다.
모두가 혼자다.

쓸쓸한 밤

빈 술병과 유리잔 속에
희미한 촛불이 흐느적거립니다.
방 안은 서늘합니다.
창밖 잔디밭엔 부슬부슬 비 내립니다.
그대는 잠시 쉬려고
추위에 떨며 서글피 다시 몸을 누입니다.
아침 오고 밤이 오고
언제까지 되풀이되지만
그대는 다시 올 줄 모릅니다.

9월

뜰이 슬퍼한다
꽃 사이로 차가운 비가 내린다
여름이 고요히
종말을 향해 간다

키 큰 아카시아에서
황금빛으로 물든 나뭇잎이 뚝뚝 떨어진다
여름은 시들어가는 뜰의 꿈속으로
놀란 듯 창백한 미소를 띄운다

여름은 앞으로도 오래
장미 곁에 선 채 휴식을 그리워하리라
그리고 서서히 피로에 겨운
그 큰 두 눈을 감으리라

고백

사랑스런 환영(幻影)이여, 너의 놀이에
스스로 뛰어드는 나를 보아라.
남들에게는 목적과 목표가 있지만
나는 사는 것만으로도 족하다.

일찍이 내 마음에 닿았던 것은 모두
내가 늘 생생하게 느끼던
끝없는 것, 유일한 것의
비유로만 보인다.

그런 상형문자를 읽는 것은
내게 생생한 보람을 주리라.
영원과 본질이
내 자신 속에 살고 있음을 알기에.

가을날

숲 언저리가 금빛으로 탄다.
나는 혼자서 길을 간다.
사랑하는 사람과 둘이서
몇 번이나 걸었던 이 길을.
이렇게 좋은 날에는
오랫동안 기다리던
기쁨도 슬픔도
먼 안개 속으로 날아가버린다.
농부의 아이들이
들불 연기 속에서 뛰어다닌다.
아이들과 어울려서
나 또한 노래 부르기 시작한다.

잃어버린 소리

언젠가 어린 시절에
나는 목장을 따라 걷고 있었다
그때, 아침 바람에 노래 하나가
조용히 실려 왔다
푸른 공기의 소리,
또는 무슨 향기, 꽃향기 같은 것이었다
그것은 달콤한 향기를 풍기며
어린 시절 내내 영원토록 울려 퍼졌다
그 후 나는 그 소리를 까맣게 잊고 있었다
그런데 요 며칠 사이
가슴 깊은 곳에서
살며시 그 소리가 다시 울려온다
지금 나에게는 모든 세상 일이 아무래도 좋고
행복한 사람들과 처지를 바꾸고 싶지도 않다
오직 귀 기울이고 싶을 뿐
그 향긋한 소리가 어떻게 흘러가는지,
그리고 그 소리가 그때의 그 소리인지,
조용히 서서 귀 기울이고 싶을 뿐

위안

살아온 많은 날들이 가고
아무런 의미도 남지 않았다.
지니고 있을 아무것도
즐거워할 아무것도.

수많은 모습을
시간의 흐름이 나에게로 실어왔다.
그러나 어느 것 하나 붙들어둘 수 없었고
어느 하나 나를 좋아하지 않았다.

그것들이 나에게서 빠져나가도
내 마음은 시간을 멀리 넘어
깊이, 신비롭게
삶의 정열을 느끼는 것이다.

정열은 의미도 목표도 갖지 않고
먼 가까운 모두를 알며
뛰노는 아이처럼
순간을 영원한 것으로 만든 것이다.

밤의 정서

내 마음을 밝게 비추는
푸른 밤의 힘과 함께
험한 구름 사이로
달과 별의 세계가 터져 나온다.

영혼이 무덤에서 불꽃으로
활활 타며 솟아오른다.
창백한 별빛 향기 속에
밤이 하프를 뜯는다.

그 부름이 있고 나서
근심이 사라지고 고통도 작아진다.
비록 내일엔 없을지라도
오늘 나 이렇게 살아 있다.

잠들려 하며

하루 일과에 아주 지쳐버렸다.
절실한 소원은
지친 어린아이가 그렇게 하듯
다정히 별 하늘을 맞아들이는 것.

손이여, 일을 모두 멈춰라.
이마여, 생각을 모두 잊어라.
나의 모든 감각은 지금
졸음 속에 잠기려 하고 있다.

그리고 영혼은 속박에서 벗어나
밤의 기이한 세계에서 깊이
천 배나 살기 위하여
자유로운 날개로 떠오르려 한다.

방랑의 길에서

슬퍼하지 마라, 이제 곧 밤이 온다
푸른 휘장으로 싸인 들판 위에
차가운 달이 떠서 소리 죽여 웃겠지
그러면 손을 마주 잡고 쉬자

슬퍼하지 마라, 이제 곧 쉴 때가 온다
작은 십자가 두 개, 우리들을 위해
밝은 길가에 나란히 서겠지
그리고 비가 오고 눈이 오겠지
그리고 바람이 불어왔다가 다시 가겠지

만발한 꽃

복숭아나무에 꽃이 만발했지만
하나하나 다 열매가 되지는 않는다.
푸른 하늘과 흐르는 구름 속에서
꽃은 장밋빛 거품처럼 밝게 반짝인다.

하루에도 백 번이나
꽃처럼 많은 생각이 피어난다—
피는 대로 두어라. 되는 대로 되라지.
수익은 묻지 마라.

놀이도, 순결도,
꽃이 만발하는 일도 있어야 한다.
그렇잖으면, 세상이 살기에 너무 좁아지고
사는 데에 재미가 없어질 것이다.

전쟁 4년째에

쌀쌀하고 서러운 이 저녁을
소리 내며 비가 내려도
나는 지금 노래 부른다.
들어줄 사람이 있는지는 몰라도.

전쟁과 불안에 세계가 질식해도
느껴 알 사람 하나 없어도
여러 곳에서
사랑의 불꽃은 조용히 타고 있다.

이별을 하며

아, 기약도 없는 이별을 한다.
실패한, 쓰라린 운명의 예감을 안고,
어쩔 수 없는 장미는 애처로이 손에서 시들어가고
애달픈 마음은 안식과 어둠을 찾는다.

그러나 하늘에는 변함없이 별이 반짝인다.
좋든 싫든 우리는 언제나 저 별을 따른다.
빛과 어둠을 지나 우리의 운명은 저 별을 향해 굴러간다.
우리는 기꺼이 저 별을 따른다.

마른 잎

꽃은 모두 열매가 되려 하고
아침은 모두 저녁이 되려 한다
이 지상에 영원한 것은 없다
변화와 세월의 흐름이 있을 뿐

아름다운 여름도 언젠가는
가을과 조락을 느끼려 한다
잎이여, 끈기 있게 조용히 참아라
불어오는 바람이 유혹하려 할 때

너의 놀이를 놀기만 하고
거스르지 말고 가만히 두어라
너를 꺾어 가는 바람에 실려
너의 집으로 날리어 가라

교훈

사랑하는 아들아,
많든 적든
사람들의 말에는
결국 거짓말이 섞여 있다.
말하자면 우리는
기저귀에 싸였을 때와
훗날 무덤 속에 있을 때
가장 정직한 것이다.
거기 조상 옆에 누웠을 때
우리는 드디어 현명해지고
서늘한 청명에 싸여
백골로 진리를 깨우친다.
그러나 많은 사람은
거짓말을 하며 오히려
다시 살아나고 싶어 한다.

니논*을 위하여

바깥에는 별이 바삐 움직이고
모든 것이 불꽃을 날리고 있는데
이렇게도 생활이 암담한 나의 곁에
네가 있겠다는 것.

분망한 인생살이 속에서
하나의 중심을 네가 알고 있다는 것
이것이 너와 너의 사랑이
나를 위한 고마운 수호신이 되게 한다.

나의 암흑 속에서, 너는
참으로 은밀한 별을 느낀다.
너는 사랑으로 다시 나에게
삶의 달콤한 핵심을 생각케 한다.

* 니논 헤세(Ninon Hesse)_ 헤세의 세 번째 아내로, 1931년 결혼해 1962년 헤세의 임종을 지킨 뒤 1966년에 세상을 떠났다.

헤르만 헤세(Hermann Karl Hesse, 1877년 7월 2일 ~ 1962년 8월 9일)

1877년 7월 2일	독일 남부의 소도시 칼프에서 출생. 부친이 선교사였음.
1890년(13세)	신학교 시험 준비 위해 라틴어 학교에 다님. 국가시험에 합격, 신학자 위한 첫 관문 통과.
1891년(14세)	명문 개신교 신학교이자 수도원인 마울브론 기숙 신학교 입학.
1892년(15세)	'시인이 되지 못하면 아무것도 되지 않겠다'며 신학교 자퇴. 부적응과 신경쇠약증 발병. 자살 기도. 정신요양원 생활. 11월, 칸슈타트 김나지움 입학. 신학교의 경험이《수레바퀴 밑에서》에 비판적으로 묘사됨.
1893년(16세)	학업 중단. 시계공장에서 일함. 이후, 튀빙겐 서점에서 점원으로 일하며 글 쓰기 시작, 삶의 안정 찾음.
1899년(22세)	첫 시집《낭만의 노래》출간.
1901년(24세)	첫 해외 여행(이탈리아) 경험.《헤르만 라우셔의 유작과 시》출간.
1902년(25세)	《시집》출간. 모친 사망.
1903년(26세)	두 번째 이탈리아 여행.
1904년(27세)	《페터 카멘친트》출간. 첫 출세작, 경제적 안정, 문학에 전념. 마리아 베르누이와 결혼. 평전《보카치오》와《프란츠 폰 아시시》출간.
1905년(28세)	첫아들 브루노 출생.

1906년(29세)	《수레바퀴 아래서》 출간.
1907년(30세)	중단편집《이 세상에》 출간.
1908년(31세)	단편집《이웃사람들》 출간.
1909년(32세)	둘째 아들 하이너 출생.
1910년(33세)	장편《게르트루트》 출간.
1911년(34세)	시집《도중에》 출간. 셋째 아들 마르틴 출생. 인도 여행.
1912년(35세)	단편집《우회로》 출간. 스위스 베른으로 이주.
1913년(36세)	인도 여행기《인도에서》 출간.
1914년(37세)	장편《로스할데》 출간. 제1차 세계 대전 발발, 자원했으나 복무 부적격 판정. 베른의 독일군 포로 후생사업에 복무하며 잡지 발행. 극단적 애국주의에 대한 비평글로 매국노라 비난받음.
1915년(38세)	《크눌프. 크눌프 삶의 세 가지 이야기》 출간. 단편집《길가에서》 출간. 시집《고독한 자의 음악》 출간. 단편집《청춘은 아름다워라》 출간.
1916년(39세)	부친 사망. 아내와 막내아들의 정신질환 발병 후 신경쇠약으로 첫 심리치료 받음.
1919년(42세)	《차라투스트라의 귀환. 어느 독일인이 독일 젊은이들에게 보내는 편지》 익명 출간. 싱클레어라는 필명으로《데미안, 한 젊음의 이야기》 출간. 《데미안》으로 폰타네 문학상을 받지만 반려. 《동화》 출간. 잡지《새로운 독일을 지향하며》 첫 발행.

1920년(43세)	그림 시집 《화가의 시》《방랑》 출간. 단편집 《클링조어의 마지막 여름》 출간.
1921년(44세)	《시선집》 출간. 정신분석 받기 시작.
1922년(45세)	《싯다르타》 출간.
1923년(46세)	《싱클레어의 비망록》 출간. 부인 마리아와 이혼. 스위스 국적 취득.
1924년(47세)	루트 벵거와 두 번째 결혼.
1925년(48세)	《요양객》 출간.
1926년(49세)	《그림책》 출간. 프로이센 예술원 회원에 피선되었으나 1930년 탈퇴.
1927년(50세)	《황야의 이리》 출간. 루트 벵거와 이혼.
1928년(51세)	수상록 《관찰》, 시집 《위기. 일기 한 토막》 출간.
1929년(52세)	시집 《밤의 위로》 출간.
1930년(53세)	장편 《나르치스와 골드문트》 출간.
1931년(54세)	니논 돌빈과 결혼. 《유리알 유희》 집필 시작. 《내면으로의 길》 출간.
1932년(55세)	《동방순례》 출간.
1933년(56세)	단편집 《작은 세계》 출간.
1934년(57세)	시선집 《생명의 나무에서》 출간.
1935년(58세)	단편집 《우화집》 출간.

1936년(59세)	전원시집《정원에서 보낸 시간》출간. 고트프리트 켈러상 수상.
1937년(60세)	《기념첩》,《신 시집》,《마비된 소년》출간.
1939년(62세) ~1945년(68세)	제2차 세계 대전이 본격화되면서 1945년 종전까지 헤세의 작품이 독일에서 출판 금지됨.
1943년(66세)	《유리알 유희》출간.
1945년(68세)	시선집《꽃핀 가지》, 동화집《꿈의 발자취》, 미완성 소설《베르톨트》출간.
1946년(69세)	《유리알 유희》로 노벨문학상 수상. 독일에서의 출판 금지 해제됨. 프랑크푸르트 市로부터 괴테상 수상. 전쟁과 정치에 대한 시사평론집《전쟁과 평화》출간.
1947년(70세)	고향 칼프 市의 명예시민이 됨.
1950년(73세)	브라운슈바이크 市가 수여하는 빌헬름 라베상 수상.
1954년(77세)	《헤세-롤랑의 서신 교환집》출간.
1955년(78세)	독일 출판협회로부터 평화상 수상.
1956년(79세)	헤르만 헤세상 제정(바덴뷔르템베르크 독일 예술진흥협의회).
1962년(85세)	8월 9일 스위스 남부의 작은 어촌 마을인 몬타뇰라에서 사망.